草食系男子の逆襲

野原秀人

草食系男子の逆襲

～さあ、サムライたちよ、道はそこにある！

野原秀人（たこひで）

まえがき

世間の暮らしにも慣れずにいた
あなたは僕の本当の笑顔を探してくれた
見つけてくれた

作り笑いの僕がいた
あてもない日々を
まるでノラ猫のように
何かを求めてさまよっていた

何も見えない地平線を目指して

大海原での航海

自分で作り上げた地図を見ながら
ただがむしゃらに　ただひたすらに
突き進んだ

「成功」という旗をつかむために

「成功」というものが何なのかわからぬまま
嵐の夜　一隻の海賊船に捕まり
船長が僕にアドバイスをくれた

「おまえは充分がんばっているじゃないか
何をそんなに生き急いでいるんだ

これ以上　なにが欲しいんだ
もう　大丈夫だ
さあ、これからは、おまえが太陽となり、誰かの心の中に花をさかせるんだ」

僕は目が覚めた
枕が濡れていた

僕が太陽となり　人々のマントを脱がしていけばいい
あなたの存在で　温かい気持ちになれる
そう言われる日を　待ちわびて

あたたかい仲間が周りにたくさんいる

たしか　船長が言っていた

「そんな仲間を手に入れたら、光の道を手に入れたようなものだ」

もう一度　海へ出てみよう

あの海賊船に　僕は入れてもらえるだろうか？

でも、今の僕は

あの船長に胸を張ってこう言いたい

「僕は幸せだ！」

草食系男子の逆襲

もくじ

第2部　草食系男子の逆襲　119

あとがき　204

第1部　たこひでの逆襲

第1章　入院

「畳の上で死なせてくれ！」

「どうせ死ぬんだったら畳の上で死ぬ！」

僕は、そんな言葉を繰り返し大声で叫んでいた。

「もう何もかも終わりだ」
「僕には未来なんてない」
「いっそ死んでしまいたい」

そんなふうに考えていたら、もう死ぬことしか考えられなくなり、叫ばずにはいられなくなっていた。

父が凍りついている。

母が泣いている。

両親とも仕事場を抜けて僕の入院に付き添ってきてくれたのだから、落ち着かなきゃいけないと、自分ではわかっている。

しかし、僕は自分をまったくコントロールできない状態におちいっていた。

これから僕が入院することになる精神病棟の入院患者たちが、地獄に落ちたように叫びまくっている僕を、無表情にじーっと眺《なが》めている。

今の僕が聞いたら確実に逃げ出すような、破れるような大声で叫んでいるのに、患者の人たちの目には、何の感情も読み取れなかった。

自分は違う、と僕は思った。

「僕は、こんなところに入院する人間ではないはずだ」

僕は、いつまでも叫ぶことをやめられなかった。

「なんでこの僕が、躁《そう》うつ病にならなあかんのや！　なんでこんなところに入院しないとあかんのや！」

怒りの嵐の中で、僕はただ叫び続けていた。

自分ではない何者かに、僕の心と体は乗っ取られていたのだろうか。

このとき、僕は20歳――。

「僕はいったい、いつからこんなふうになってしまったのだろう？」

そんな自分への問いかけに答えるように、僕は頭の中の時計の針を数年前へと逆戻りさせてみた…。

1年間の浪人生活のあと、志望の大学に合格した僕は、とても満足していた。

「一流大学に入学し、一流企業に入れば、裕福で幸せな人生が送れる」

当時の僕はそう考えていて、まさに今、自分はその流れに乗ることができたと思っていた。

これから何もかもがうまくいく…はずだった。

ただ、そのときの僕は、すでに「燃えつき症候群」といわれる状態になっていたのかもしれない。

「何のために大学へ入ったのか？」も明確じゃなかった。

もちろん、一流企業へ就職するためだが、「じゃあ、具体的に何をする？」

についての答えも欠如していた。

そんな、目的を明確にしないままの詰め込みの勉強、将来に向けての進路の重圧――。

ようやくそこから解放された喜びに浸っていたのもつかの間、今度は思い通りにならない「人生の落とし穴」が、僕を翻弄していった。

ちょうどその頃、合コンで出会った女の子と付き合いが始まり、その子のことが大好きでたくさんプレゼントをした。

しかし、その3か月後、そんな大好きな彼女から、僕は一方的に別れを告げられ、心は一転、地獄へと突き落とされた。

さらに僕は、自分の運転する車で人身事故を起こし、その後処理に多くの時間を費やすうちに、心はクタクタに疲れてしまった。

度重なる出来事に、僕の脳はきしみ、悲鳴を上げ、やがて暴走する自分を止められなくなっていく。

耐えきれなくなった僕は、ようやく神経科を受診した。

診断の結果、僕に告げられた病名は「躁うつ病」

今は、「うつ病」と言えば多くの人が知る病気となった。
しかし、このときは、今から16年以上前の話。

当時の僕は、そんな病気があることすら知らなかった。

しかも、うつ病だけでもつらいのだが、僕はこれに躁状態が加わった「躁うつ病」だ。

気分が極度に高揚したり多弁になる「躁状態」と、何に対しても興味がなくなり、眠れなくなったり食欲もなくなったりする「うつ状態」という、まったく正反対の状態が、ジェットコースターのようにめまぐるしく交互にやってきて、自分自身のコントロールがまったくできなくなってしまう病気だ。

その診断結果を聞いた両親の動転は、相当なものだっただろう。

まさか、自分の子どもが精神病棟へ入ることになるとは、想像もしていなかったことだろう。

保育園に入った頃の僕は、泣いてばかりいるような気の弱い性格だったが、小学校に上がる頃になるとスポーツが得意になり、少年野球に打ち込んでいった。

その頃から、人を笑わせることも好きになった。

小学校のとき一輪車にすぐ乗ることができたので、

「これで中国雑技団に入れるやろ」

と、見ている友だちに言ったら、

「いや、おまえはやっぱり日光猿軍団のほうや」と笑って言われた。

「吉本に入れや〜」と友だちに言われるくらい、ひょうきんな性格になった。

見た目はというと、目がぱっちりしていてまつ毛が長く、宇宙人のような容姿だった（インド独立の父である「ガンジー」というあだ名をつけられ、いじめられたこともあった)。

父はもくもくと働く人で、朝2時半に起きて、中央卸売市場に出社していた。

母は百貨店に勤めていて、少し体が弱かった。優しい姉もいた。

普通だ──。

僕は、そんなごく普通の家庭環境の中、あまりにも平和に、ごく当たり前に育ってきた。

だから、そんな複雑な病気になるはずじゃなかった…。

僕の躁うつ病は、特に躁状態のときがひどかった。

誰とでも話をするのがまったく怖くなくて、黙りこんでいても思いだけで人を動かすことができると、訳のわからない妄想をしてしまったりするのである。

わかりやすく言うと、人に対してかなりな「上から目線」になるのだ。

そして、次から次へと考えが湧き出してくる。

そうなると、眠れない。

むしろ、眠るのが怖くなってしまうのだ。

当時の僕は、頭の中に次々と考えが浮かび、何かしないと気がすまなかった。

自分が正しいと思ったことは、誰の言うことも聞かず、ひたすら自分の道を進んでいく。

ブレーキがきかない。興奮状態が続いていく。

躁状態のあとには、うつの症状も出てくる。

死にたい、やる気が起きない。何をしても気分が晴れない。

正直、うつ状態のほうが、躁状態のときより、しんどかった。

――ほんの一瞬だったが、僕はそんなこれまでの過去の自分を振り返っていた。

「こんなはずじゃない！」

僕は、あらためて強く思った。

入院手続きを終えてからも、僕はずっと叫び続けていた。

そんな僕に、医師が落ち着いた表情で言った。

「秀人君、ここで治していこうね」

僕は一気に気持ちが冷め、無表情のまま医師の顔を見つめた。

僕が案内されたのは、畳の部屋だった。

20畳くらいの大きな部屋で、そこで15人の患者が雑魚寝《ざこね》状態で生活していた。ほかにも部屋はいくつかあった。

布団、着替え、タオル、雑誌、そこは生活感にあふれていた。

こんな、パッとしない場所で死ぬことはなさそうだ。

そう感じて、僕はようやく平静を取り戻した。

隣にいたのは、僕と割と年の近い「U君」だった。

U君が何の病気で入院していたのかはわからなかったが、枕元に『少年ジャンプ』を積み上げているのを見て、僕は救われた気がした。

「ジャンプ、読むか？」

僕がじっと『少年ジャンプ』を見ていたからだろうか、U君が僕にそう声をかけてくれた。

僕は思った。

「『こち亀』(『こちら葛飾区亀有公園前派出所』のこと)が読める!」

僕は、お礼を言って、1冊借りることにした。

「こち亀、読んでもいい?」

「こち亀だけならいいよ」

思わず「こち亀だけしか読んだらあかんのか?」と思ったが、結局、ほかの連載も全部読んだ。読むと、さらに落ち着いた。

こうして入院したての僕は、U君の存在と『少年ジャンプ』に救われた。

もう1つ、入院生活で幸運なことがあった。

縁があったのかどうかはわからないが、僕と同じ大学の同じ学部を卒業したN看護師さんが病棟にいたのだ。

N看護師さんは、入院したての僕の部屋にわざわざ、きてくれた。

僕は、N看護師さんをぱっと見たとき、当時、立命館大学教授で人気のあった「安斎育郎先生」に見えた。

すごくやり手の看護師さんという雰囲気がした。

N看護師さん　「よろしく。実は僕も同じ大学出身なんだよ。学部も一緒だよ」

僕　「え〜、そうなんですか!!　なんかホッとします」

N看護師さん　「僕がいるから、安心していいからね」

僕　「ありがとうございます」

そんな何気ない普通の会話なのに、話しながら僕は、いつしかハラハラと涙を流していた。

N看護師さんは僕を大事に扱ってくれた。

それは他の患者さんに対しても同じだったのだろう。

N看護師さんは、誰にでも気軽に話しかけ、入院患者さんから慕われていた。

そんなN看護師さんのやさしさに触れて、不安定な僕の心にひとときの安らぎがもたらされ、それがあの涙になったのだろう、と今は思う。

ただ、そんな畳の部屋での生活も、そう長くは続かなかった。

U君とささいなことで言い合いをしたのが原因で、個室に移されることになってしまったのだ。

U君は「任意入院」という入院だったので、毎日1時間だけは病院の外に出ることができたが、僕は「医療保護入院」で、外に出るのも看護師さんの付き添いがないと出られなかった。

そこで、僕はU君に「外でチップスターを買ってきてくれよ」と頼んだ。でもそれを断わられ、2人は言い合いになってしまったのだった。

勝手な話だが、僕はチップスターには大事な思い出（保育園の帰りにチップスターを食べるのが楽しみだった、という思い出なのだが…）があるので、余計に感情的になり、またあの躁状態が出てしまった。

そして、僕だけが個室の部屋へ移された。

15人部屋よりは病気が重い人が入る部屋で、冷たい床にベッドだけが置いてあり、人との接点を自由に遮断することができる部屋だ。

病気を治すどころか、退院から一歩後退した僕に、N看護師さんがいろいろとプランを立ててくれた。

入院して3か月、僕はこの個室で過ごした。

ただ、N看護師さんのおかげで、時間が経つうちにだんだん病棟にも慣れ、落ち着いてきた。

退院が近づいていた。

「いつ退院するかを決めよう」という具体的な話まで、あと一歩のところまできていた。

ちょうどそんなとき、すべてが台無しになる出来事が起こった。

病室に、新しい患者が入院してきた。

僕より1つ年上の「T君」だった。

これまで、入院患者は僕よりも年上が多かったし、話が合う人もいなかった。T君を見たとき、「気が合いそうな人だな」と思った。

すぐに話しかけてみると、本当に気が合った。

僕は、そんな気の合う仲間が現れてくれたことがうれしくてうれしくて、そのうれしい気持ちをどうにも抑えられなくなっていった。

そして、T君と一緒に、入院患者さんの歩行器を乗り物代わりにして病棟内を走り回ったりして暴れまくってしまったのだ。

強い躁状態のぶり返しだった。

今思うと本当に危ない、けが人が出なくてよかったと思うほどの、程度を超えた暴れぶりだっだ。

この出来事のあと、僕は「保護室」という部屋に入れられた。

保護室は、外から鍵をかける部屋だ。

一番重たい症状の患者が入れられる。

中に入れられたら、自分では出られない。

「牢屋」のような部屋だった。

ほとんど何の説明もなく、いきなりそんな部屋にぶちこまれたように感じた僕は、すっかり興奮が収まらなくなってしまった。

暴れ回って手がつけられないので、そんなところに入れるしか仕方がなかったのだろうと今になると理解できるのだが、そのときの僕は、そんな理解度はゼロだった。

「もうすぐ退院できるはずだったのに…」

絶望にも似た落胆の気持ちが、さらに僕の怒りをどうしようもないくらいにあおり立てていく。

僕は、自分がはいていたサンダルを握りしめ、激しく叫びながら、何度も何度も何度も、際限なく扉を叩き続けた。

サンダルを扉にぶつけ、怒りを、なんとも言えない気持ちを、僕はただそうやってぶつけるしかなかった。

金属の扉とサンダルがぶつかる、「ドン！　ドン！」というけたたましい音が、館内にずっと響き続けた。

そんな異常な興奮状態をなんとかしようとして病院からの連絡が行ったのか、両親があわててかけつけてきた。

しかし、僕は冷静に話せるような状態ではなかった。

狂っているようにしか見えない僕を見た母は、「息子と一緒に自殺しようと思った」と、あとで聞いた。

1時間ほどすると、ようやく気持ちが落ち着いてきて、僕はやがて眠りへと落ちていった。

保護室の中には、トイレと布団しかなかった。

トイレは和式で、水を流すレバーはついていない。

自分で水を流せないトイレなのだ。

精神薬を服用すると、のどがかわく。

特にきつい薬を飲むと異常にのどがかわいて、水をどんどん飲んでしまう。

だから、トイレの水を流してその水を際限なく飲んで体調を崩してしまう怖れがあるので、部屋の中にはレバーがついていないのだ。

しかも、和式トイレにしてあるのは、水が便器にほとんど貯まらないつくりだからだそうだ。

用を足すと、通りがかりの看護師さんに流してもらうのだが、看護師さんも忙しいし、しょっちゅう部屋を見にこられるわけじゃないし、呼んでもすぐにはこられない。

だから、看護師さんがきて水を流してくれるまでは、臭いが部屋に充満する。強烈だった。

一度、夜にのどがかわいて目がさめたことがあった。

水を飲もうとしたが、コップに水が入っていなかった。

口の中がかわいていて、つばもなくなっていた。

呼んでも看護師さんはこなかった。

僕は、もがき苦しんだ。

看護師さんがきてくれたのは、30分くらい経ってからのことだっただろうか。

わずか30分だったけれど、このときの苦しみは、生涯忘れることのできない経験になった。

普通に生活している日本人には、きっと想像もできないことだろう。

「のどがかわいているのに飲めるものがない」という苦しみを、僕はこのとき思い知った。

外から施錠された保護室に入って、1か月が過ぎた。

僕はただ、毎日茫然としていたように思う。

そんなある日、大学の先輩のN看護師さんが、退院した患者さんが残していったポケットラジオを僕に持ってきてくれた。

何もなかった部屋、何にも聞こえなかった部屋に、ラジオがやってきた。

ラジオから聞こえる人の声に、僕は聴き入った。

孤独からの解放だった。

保護室で拾える電波は「NHK」と地元ラジオ局の「KBS京都」だけだったが、ほかにすることがない僕は、ラジオを楽しんだ。

ＫＢＳ京都から流れる番組が面白かった。

特に好きだったのは、山崎弘士アナウンサーの「満員御礼」という番組だ。

軽妙な口調で話す山崎さんの話は、聴いていて自分も楽しくなってくる。

のちに山崎さんが大学の先輩だと知って、とてもうれしかった。

日曜日になると、「午後のアクアリウム」という番組があった。

ＤＪは、仙北谷《せんぼくや》晴美さんという、名字にインパクトがある女性で、いつも癒しの声を届けてくれていた。

仙北谷さんのファンになったので、退院したあとに、公開生放送を観に行った。

「音楽プレーヤーを部屋に入れてくれたら、一生この部屋にいることができる」

ラジオがうれしかった僕は、診察のときにそう訴えたこともあった。

さすがにそれは実現しなかったが、気分的にもだいぶ落ち着いてきた。

主治医の院長先生は、僕に変な言動はないか、興奮していないか、そんなことを診察のときには気を配っていたようだ。

ある日、N看護師さんが、僕の保護室の扉を閉め忘れたまま、どこかに行ってしまった。

僕が言うのも変だが、保護室の扉は外から施錠するようになっており、以前の躁状態の僕なら、すぐに飛び出し、病棟を走り回っていたに違いない。

しかし、気分がすっかり落ち着いてきていた僕は、そのままずっと部屋の中でラジオを聞いていた。

そこに院長先生がやってきた。

扉が開いたままの状況を見て、一瞬とても焦ったような、驚いたような顔をされた。

しかし、僕の落ち着いた様子を見て、状況を察知してくださったようだった。

そして、次の診察のとき、僕のいる「保護室の扉を開放していい」と言われた。N看護師さんが院長先生に相談してくれたのだろう。

僕は、ようやく「少しの自由」を手に入れた！

カギをかけられていない部屋！

部屋はまだ「保護室」のままなのだが…。

この院長先生だが、以前からの僕のことをよく覚えてくれていた。入院前からハイテンションだったので、とても奇妙で目立っていたからだろう。

外来で通院していたとき、ちょうど院長先生の診察に当たった。

「おっ、今日は院長先生か〜。僕のことがおかしすぎるので、わざわざ院長が出てきたのだろうなぁ。…」

その瞬間から僕の妄想は一気に広がり、それはさらに、躁状態特有の、病的なまでの過大なものへと変化していく。

「…ということは、この先生をうまく言いくるめることができたなら、この病院を支配できるかも？…」

今はもうそんな危ない妄想に憑《と》りつかれることはなくなったが、当時はよくそんな妄想を描いていた。

そのうちに僕のテンションはさらに上昇し、やがてこんな言葉まで発した。

「もう、入院させてくれ～！」

「タバコを吸う！」

そう叫びながら、持っていた禁煙パイポを吸ってみたりした。

さらに僕は、土下座して入院を頼むという突拍子もない行動にも出ていた。

「何の真似だ？」

院長は、僕の土下座姿を見て、驚いた表情で聞いてきた。

僕は思わず、こう答えた。

「ミドリ十字です！」

それは当時、薬害エイズ訴訟で被告として訴えられていた企業だった。

その会社役員の土下座姿がテレビでさかんに流れていたので、とっさにその光景が浮かび、僕はそう答えたのだった。

それを見て、院長が言った。

「よし、入院だ！」

こうして、僕の入院は決定したのだった。

でも僕は、本当は入院したいわけじゃなかった。

あくまでも、テンションが上がりすぎたためによる「ノリ」だった。

院長の診察になったのも、担当医が体調をこわし、臨時に代わりに入っただけだった（笑）。

僕はその後、抑えきれずにこんな行動を取り、こんな結果を招いてしまったことを、のちのち後悔することになる。

そして、この章の冒頭の、あの入院時の大騒動へとつながっていくことになったのだ。

入院してから半年が経ち、夏がやってきた。

保護室は冷暖房完備だったので、風呂から上がると自分でエアコンの温度を下げ、ゆっくりと涼しい時間を過ごせた。

外からカギをかけられていない保護室は、快適な個室部屋になっていた。

しょっちゅう団らん室に出かけては、そこにいる人を誘って麻雀をしたり、トランプをしたり、卓球をしたりした。

たいていの人は僕の誘いに乗って、一緒に楽しんでくれた。

ほかの入院患者さんのおかげで、楽しい入院生活をすることができた。

精神病棟に入院している人は、みんな優しい人ばかりだった。

入院したてのときは「みんな無表情だ」と感じていたが、そうではなかった。

みんな自分の世界を持っているのだ。

ケンカもなく、自分の世界に浸っている。

その中で、僕は自由に動き回った。

「僕は大丈夫だ！」

ここで僕は、なぜかそんな確信を持った。

「これからどんな悲惨なことが起こっても大丈夫だ。もし死んでしまって地獄へ行くことになっても、僕なら必ず楽しめるのだ」と。

12月、僕は病院で21歳を迎えた。

両親と姉がお祝いにきてくれて、家族で黙々といちごのショートケーキを食べたが、親は僕の落ち着いた様子を見て、安心していたようだった。

久しぶりに見た両親の安堵《あんど》の表情で、僕にさらに強い気持ちが湧いてきた。

「僕は大丈夫なんだ！」

入院してから、早9か月が過ぎていた。

ついに、外に出られる日がきた。といっても「外泊」だが。

年末に、院長が一時外泊の許可を出してくださったのだ。

N看護師さんが、「外泊の心得」を丁寧に説明してくれた。

ぜったいに守らないといけない約束を、3つだけ決めた。

・友だちに電話しない
・家の外に出ない
・早く寝る

これらを守るため、N看護師さんとじっくり話し合い、いよいよ一時帰宅の許可が下りた。

1997年12月31日、入院してから10か月目のことだった。

親は、周囲の人たちの目を気にしている様子だった。

それもそうだろう。突然、僕がいなくなったのだから、近所の人たちも、僕はどうしたのかと、きっと思っていることだろう。

ましてや、「躁うつ病で入院していたと知れたら、どう思われるだろう」と、家族はずいぶん気をもんでいたに違いない。

最近、テレビで、うつ病対策のコマーシャルをたびたび目にするようになったが、最初にそれを見たときには、「ずいぶん時代も変わったものだ」と思った。

以前のうつ病患者は、社会から隔絶され、隠されるべきものだった。

テレビでそんなコマーシャルが流れるなんて、考えられなかった。

うつ病は「心の風邪」と言われるそうだ。

「風邪」だから、誰でもかかる可能性がある病気なのだ。

でも当時は、今ほど「身近な」病気とは思われていなかった。

なるべくならご近所にも知られたくない、そんなとんでもない病気だった。

そんな時代だったので、親もそれだけ心配したわけだが、そんな心配をよそに、あっけないくらい、近所の人には会わずに家に帰ることができた。


やっぱり、自分の家は落ち着いた！

その晩の食事は、家族ですき焼きの鍋を囲んだ。

その上、母は僕の大好物の「にんにくの豆腐ステーキ」も作ってくれた。

初めての外泊は、すべてが順調に、うまくいった。

年が明けた1月からは外泊回数が増え、保護室を出て、開放病棟に移された。

病院の外にも自由に出られる病棟だ。

この頃の僕は、もうすっかり落ち着いていた。

そして、いよいよ、待ちに待った出所（退院）の日がやってきた。

ちょうど1年の入院生活だった。

仲良くなった薬剤師さんが、退院祝いにボールペンをプレゼントしてくれた。
姉の運転する車で、僕は家に帰った。
僕の人生で、おそらく一番大変な1年間だった。

「『大変』とは『大きく変わる』こと」

小林正観

第2章　大学復帰

僕の入院当初、家族は医師から、「もう普通の状態には戻れないでしょう」と宣告を受けていたらしい。

ところが、それでも母親は「必ず治る」と信じ、一度もそれを疑ったことがなかったらしい。

母親は最初、毎日欠かさずに見舞いにこようとしていた。

しかし、僕を興奮させるといけないという理由で、医師から断られた。

それでも、週に一度はきてくれていた。

母親が、そんな宣告のあとでも、落ち着いていられた理由は3つある。

まず、母親が医師に全幅の信頼を寄せていたこと。

もともと病気の知識もなく、何の根拠もないのだが、「治してみせる！」「治る！」と、とにかく固い決意は持ってくれていた。

2つ目は、落ち込んだ気分を晴らすために「般若心経《はんにゃしんぎょう》」を毎日、写経していたこと。

3つ目は、親戚が母親を熱海へ旅行に連れていってくれたりしたこと。

親戚の人たちは、一度、僕のお見舞いにきてくれたことがあったらしいが、医師が「ダメです。今会えばまた興奮状態になりますので」と断ったそうだ。

だから親戚の人たちは、母親のほうを支えることにしたのだそうだ。

これらが僕の病気にどれだけ効果があったのかはわからない。

でも、こうして僕は、「治らない」と言われた病気を克服し、今日も元気に日常生活を送れている。

家族や親戚は治ると信じて、温かい目で僕を見守ってくれた。

僕は、みんなの愛情に支えられた。

躁うつ病が治った要因を考えると、薬をしっかりと飲んでいたことが一番なのだが、もっと大事なことは、愛情だったと僕は思っている。

しかし、1年の入院は長かった。

僕の入院生活が長引いた原因をあらためて考えてみると、もっとも大きかったのは、入院当初、僕がこの病気をうまく受け入れることができなかったということだろう。

僕は入院患者の人たちを見ながら、いつも「あんな人たちと僕が一緒であるはずがない」と思っていた。

入院する前に、勝手に薬を止めてしまって症状が悪化したのも、やはりその「病気を受け入れていなかった」ということが影響している。

ただ、院長先生が、入退院を繰り返さないようにするために、まだ若かった僕とじっくりと向き合い、しっかりと診察の時間をとって話を聞いてくださったことは、とてもありがたかった。

入院生活中、一度退院した人が、また入院してくるのをよく見かけた。

しかし僕は、おかげさまで退院後一度も再入院することなく、その後の時間を過ごしている。

今も通院はしているが、日常生活になんら支障はない。

ありがたいことに、京都市は自立支援といって、精神疾患《しっかん》患者に援助を行っていて、僕の医療費は1割負担でいいことになっている。

（うつ病の体験談としては、キャスターの丸岡いずみさんの体験談が新しくて参考になります。ＰＨＰ出版の「月刊ＰＨＰ」の２０１４年５月号に、体験談が詳しく掲載されています）

退院してしばらく経ったとき、「もう一度、大学に戻りたい」と思うようになった。

その希望がかない、21歳の4月から、大学に復帰することができた。

その当時、苦労したのは、字がうまく書けなくなったことだ。

字を書くとき、薬の副作用で手が震えた。

懸命にきれいに書こうとしたが、勝手に字が汚くなった。

大学に通うことは、リハビリとしてはとてもよかった。

規則正しい生活がとてもよかったのだ。

退院したけれど行く場所を持たない人は、デイケアで病院内にある施設に通っていた。

でも、まだ状態が不安定なときも、たまにあった。

うつ状態が再発したときには、橋の上から飛び降りてしまった。

「自殺しよう」と思ったのだ。

ためらいもなく橋から飛び降りたのだが、足をくじいただけだった。たぶん5メートルくらいの高さだった。

骨折しなくてよかったと、今は思う。

本当に死ぬ気だったら、もっと高いところから飛び降りていたはずだろう。やはり死ぬのが怖いのか、きっとどこかに恐怖心があったのだろう。

さいわい目撃者はいなかったので、大きな騒ぎになることもなく、1人で岸に上がり、くじいた足をひきずりながら、なんとも情けない気持ちでそのまま家に帰った。

そして、両親に伝えた。

「橋の上から飛び降りてん。足がちょっと痛いけど、大丈夫やった」

「そうか…」

両親に言うと、あまり驚いた様子はなさそうに、そう言われた。

僕はほっとして、少し安心した。

今考えると、両親の本心はどうだったのだろうと思う。

病院の先生にも話したが、顔色を変えることなく、

「湿布を出そうか」

そう言っただけだった。

しかし、うつ状態がまた出てきたことは確かだった。
それで、また大学を休学することになった。

「リハビリをかねて、ちょっと仕事をしてみないか」と父親から言われた。

「秀人、おじちゃんに頼んでみた。岐阜に行くか？」

「行く！」

「このままではいけない。環境を変えれば、何か変わるかもしれない」と思っていた僕は、その父親の提案にすぐに同意した。

その後、話がまとまって、親戚の伯父の仕事を手伝わせてもらうことになった。

僕は京都を離れ、岐阜県にある伯父の家で暮らし始めた。

そこは母の実家で、伯父は母の兄だった。祖母も同居していた。子どもの頃から「おばあちゃん」「おじちゃん」「おばちゃん」と呼んできた人たちの家だった。

仕事は太陽光パネルの掃除やそのパネルのリフォームなので、屋根の上での作業だった。

屋根の上にのぼるのはもちろん初めてだったが、高いところから景色を眺めることで、様々な不安な気持ちを落ち着かせることができた。

子どもの頃から遊んでくれていた、いとこのお兄ちゃんも一緒に働いていたので、ゆっくり話をすることもできた。

これまでの病気のこと、将来の心配や不安…、僕は思っていることを、このお兄ちゃんにすべて話した。

「もう、どうしていいのか、わからない…」

そんな僕の心からの不安を受け止めたお兄ちゃんは、僕の顔をしばらくじっと眺めてから、言った。

「秀人、あんまり考えすぎるなよ」

このお兄ちゃんの一言で、僕の不安はずいぶん軽くなった。

環境が変わり、仕事に打ち込む、そんな3か月はあっと言う間に過ぎていった。

僕の気分はずいぶんよくなり、状態も改善した。

親戚には、感謝してもしきれない。

京都の家に戻った僕は、開店前のスーパーでの朝の清掃アルバイトを始めた。

朝7時から10時までの3時間、床の掃除を機械でするのが中心で、ガラス拭き、トイレ掃除にゴミ出しをするのが仕事の内容だった。

僕の状態を見にきてくれる訪問看護の看護師さんは、「この早朝アルバイトが良かったのかもしれないわね」と言っていた。

朝早く起きるために夜は早く寝る。その健康なリズムが、僕にはちょうどよかったのかもしれない。

そして、また大学にも復帰した。

さらに、なんとか卒業までできた。

途中の休学の期間も含めて7年半かかったが、卒業できたことは、僕の誇りになり、大きな自信にもつながった。

不安だらけで、まったく先の見えない時期だった。

でも僕は、きっとそのとき「人生の坂」を上っていたのだろう、と今になってみるとそう思う。

「マラソンは、上り坂はしんどい。
下り坂は、楽だ。
人生も、しんどいときは登っていて、
楽な時は、下っている時だ」

上岡龍太郎

第3章　社会人になる

「なぜ、大学に7年もいたのですか？」

警察官試験の面接官は、優しい眼差しで僕を見つめながら、そう尋ねた。

「それは……」

僕は、その質問を受けた途端、目が泳ぎ始め、明らかに返答に困った態度になった。

「まさか躁うつ病だったとは言えないし…早く、なんとかまともな返答をしなくちゃ…」

焦れば焦るほど、その場を取り繕えるような、いい返答は浮かんでこない。

僕の額には、じんわりと冷や汗がにじんできた。

僕を見ていた面接官の顔が、急に曇った。

せっかく筆記試験に合格できていたのに、結果はやはり…「不採用」だった。

大学卒業に7年半かけてしまった僕は、すでに26歳になっていた。

就職活動を始めたが、新卒より年を取っていることや、入院していたことに強い引け目を感じていた。

時代は、就職氷河期の真っただ中。

目標は何も持たず、また持つことができず、ただひたすら企業試験を受けて回った。

先ほどの警察官試験も、「友人が警察官になったので受けてみた」というのが正直なところだった。

だが、不採用に次ぐ、不採用。

受けては落ちる就職活動に、だんだん疲れ果てていった。

そのうち、今でいう「ブラック企業」に採用が決まった。

当時は「ブラック企業」という言葉はなかったし、そんな認識もなかったし、東証一部の上場企業だった。

「一流大学を出て、一流企業に入る」という僕の夢は、そのとき、とりあえず実現した。

いよいよ、僕は社会人への第一歩を踏み出すことができたのだ。

その会社は、悪名高き「先物取引」を扱う会社だった。

先物取引とは、あらかじめ買う予定のものを先に買っておいて、価格の変動のリスクを回避する取引のこと。

先に買っておいたものの値段が上がったところで、それを売って利益を上げる。ただ、値動きが激しいために、値段が下がれば元本割れし、損失が出る。

日本人が考え出した取引で、今は世界でも当たり前の取引になり、損失リスクを回避する一つの手段となっている。

勤務時間は、朝7時から夜の9時まで。

上司はものすごく怖く、厳しく怒鳴られることもよくあった。

職場の空気は、常にピリピリしていた。

仕事は、電話をかけることが中心で、僕らはひたすら電話をかけ、顧客をとっていった。

「気合を入れるために」ということで全員が立って電話することがあったり、全員が机の下にもぐって電話をかけるということもしていた。

なぜ、机の下にもぐる必要性があったのかはよくわからない。

でも、ちょっと普段と違うかけ方をしたことで、新鮮な気分で電話をかけられたかもしれない。

ただ、全員が机の下にいて、そこで電話をかけているというのは…。

今思うと、コントにしか思えないほど滑稽《こっけい》な景色だ。

でも、みんなまったく真面目にそれを仕事としてやっていた。

大変なことだけじゃなく、だんだん楽しいことも増えてきた。

慣れてくると、上司がいないときには、同僚と笑い合うことも出てきた。

笑うことが好きな僕は、人が笑うような冗談を言っては楽しんでいた。

当時は先物取引がピークの時代で、最高に羽振りがよかった。

連日、社員全員におひねりがあり、時には1万円もらったときもあった。

会社の費用でハワイにも連れていってもらった。

今では考えられないほど、景気のいい時代だった。

とはいえ、朝早くに家を出て、会社へ行き、深夜に帰宅。友だちもいない。そんな生活だった。

そんな働くだけの生活に限界がきた僕は、3年ほど経ったときその職場を辞めた。

その後は、勤めていた会社が倒産してしまうことが続いたり、いろんな事情が重なることで仕事を続けられなくなったりして、今の職場は8度目の転職先。

つまり、僕は、これまで7つの仕事を経験してきたわけだ。

すべて職安で見つけ出し紹介してもらったもので、職安には本当にお世話になったと感謝している。

ただ、仕事を辞めて次の仕事に就くまで、それほど長い間休んでいたということはなかった。長くても、せいぜい1か月半空いた程度だった。

僕は、じっとしていられない性格で、何かしていないと落ち着かない。だから、仕事を辞めてはすぐに見つけ、また働いていたのだ。

しかも、それらがすべて正社員での仕事だったということも、今思うとちょっと不思議だ。

とにかく、立ち止まることなく動く。

これは、僕の運命みたいなものなのだろう。

「自分の運命を、ただひたすらまっとうする」

松下幸之助

第4章　出会い

もともと動き回るほうでじっとしていることが苦手だったが、反面、本を読むことは好きだった。

とにかく動いてしまう衝動を抑えてバランスをとるのに、読書はちょうどよかった。

特に退院してからは本をたくさん読んだ。ジャンルは問わない。

書店に行って、パッと目に入ったものを買って読む、そういう読み方をしてきた。

本を読むと、新しい考え方や、価値観、世間の流れ、いろいろなことを知ることができる。

今まで自分自身が経験し、つくり上げてきた価値観が、いかに「しょうもない」ものかということにも気づかせてもらった。

1冊の本を読むことで、他人の人生を経験したような気になることも多い。とても僕には真似できない出来事を追体験できるところも魅力の1つだ。

しかも、体験しているのは本の中の他人なのだから、僕には直接的な関係はない。だから、本の中で何が起ころうと安心だ。

さらに、その人がいろんな経験をしながらそれを振り返り、人生を送る上で何が大事だったかを、本を読むだけで教えてもらえることもありがたい。

小説などは、ありえない空想の話に自分自身を投影し、読み終えたときには、まるで映画を観終わったような、なんとも言えない気分にさせてくれる。

「自分の本を書いてみたい」

そう思い始めたのは、『モンスター』を読んだのがきっかけだった。

この『モンスター』は、整形手術を繰り返すことで主人公が絶世の美女へと変身し、もともと好きだった男への思いを遂げる、という話だ。

これを読んだときはさすがに驚いた。

男と女の心情がものの見事に表現されていた。

「そう、そう」「ある、ある」と、ここまで思える表現は、今まで読んだことがなかった。

何か自分の魂が突き動かされた、そう思える1冊だった。

「こんなことまで書いていいのか!?　それだったら僕だって書ける！　僕に

だって言いたいことがある！」

そんな激しい思いが湧き上がってきた。

話をもとに戻そう。

お金さえ稼げれば幸せになれると思っていた僕は、小説だけでなく、「こうすればお金が集まってくる」という成功法則のたぐいの本も、探しては熟読していた。

そんなとき、運命の出会いが、ちょうど「さりげなく」やってきた。

仕事帰りに、いつものように書店に立ち寄ったあるとき、ＣＤが付録についている本を僕は目にした。

「おっ、これ、ＣＤがついてる。お得だぞ！」

うれしくなって、思わず買ってみた。

その本こそ、僕の運命、そして僕の人格形成にまで多大な影響を及ぼし、今僕がいる「この場所」へと運んでくれた本だった。

本の著者は、「日本一の大金持ち」と言われる斉藤一人さん。

納税日本一、しかもすべて事業所得だけでの納税だ。

本には、「自分が思っていることが、現実に目の前に現れる」ということがわかりやすく書いてあり、とても面白かった。

次の日も次の日も、一人さんの本を買って読みあさった。

そうしているうちに、一人さんの本や商品を専門に扱っている書店を見つけ、そこへ足を運ぶようになった。

そこで、さらに、僕の運命を決定的に変える本と出会った。

タイトルは、『悟りは3秒あればいい』

「な～んだ、3秒あればいいのか！」

僕は気軽な気持ちで手に取り、買って読んでみた。

衝撃的だった！

今までの僕の価値観を、すべてガラリと変えられた！

書いてある内容も、ちんぷんかんぷんなものは1つもなく、どれも、とても筋の通った、理にかなった内容ばかりだったことにも驚いた。

著者は、小林正観氏。

ネットで調べてみると、「近々、京都で講演会がある」という紹介も書いてあった。

「正観さんの講演会があるんだ。これ、ぜったい行かなきゃ!」

僕はすぐに決断し、申し込みをした。(今では、1億円、いや10億円払っても正観さんの講演会には出られない。なぜなら、正観さんは、もうこの世にいらっしゃらないからだ)

講演会場は、京都タワーホテル。

そのとき、僕は31才、季節は冬。

この日こそが、僕の運命を変える1日となった。

会場に入った僕は、１００人くらい座れる会場の後ろのほうの席を選び、とりあえず座った。

講演会に何回もきているからなのか、あるいはもともとの知り合いなのか、前のほうに座っている人たちは、お互いに写真を見せ合ったりして、とても楽しそうに談笑していた。

その様子を見て、僕は疎外感を持ち、気後れした。

僕には友だちという友だちがいなかったので、彼らをうらめしくも思った。

「僕もあんなふうに、みんなと楽しくしゃべりたい…。そう言えば、受付にいたスタッフの人たちも、とても輝いているような笑顔で僕を迎えてくれていたなぁ」

「僕もあんなふうになりたいなぁ。この講演会は、とてもいい雰囲気だなぁ」

そんなうれしい気持ちで、正観さんの登場を僕は待った。

会場内の男女比は、だいたい4対6くらいで、やや女性が多いという感じだった。

ただ、年齢層はとにかく幅広い。90歳くらいの人から、20歳そこそこの若い人たちまでいる。

「…それでは正観さん、お願いします」

司会者の方が正観さんを紹介すると、正観さんが登場した。

「えっ⁉…」

僕は正観さんを見て、とても驚いた。

初めて目にする正観さんは、あの衝撃的な本の印象とはまるで違っていたのだ。

「あれ？　あの本のようなオーラがまったく感じられない…」

そう、どこにでもいる普通のおじさん、…もっと言えば「ただのおっさん」

ちょっと体が弱そうで、人が良さそうな感じもしないが、別に悪いというわけでもない。一言で言えば「近所の町内会の世話人」という印象だった。

身長は高めだが、やせていたので、ひ弱な感じがした。

講演は立ってするものだと思っていたが、正観さんはすぐにイスに座ると、こう切り出した。

「初めてきた人はいますか？」

僕は手を挙げた。

「訳もわからず、きた人はいますか？」

これにも僕は手を挙げた。

ほかにも数人、手を挙げた人がいたから、少し安心した。

「なるほど…。初めての方がいらっしゃるようなので、少し簡単に自己紹介をしましょう…」

正観さんは自己紹介をしたあと、僕がいる席の方向をじっと見ながら、言った。

「…今日は、20万円の壺を買っていただきます」

「は？」

僕は固まった。

周りの人たちは、笑っている。

「なんだ…冗談か」

正観さんは、初めて講演を聴きにきた人に対して、よくこの手の冗談をおっしゃっていた。

「今日は神性水を10万円で買ってください」
「今日は印鑑を買ってもらいます」

などなど。おそらく、初心者をびびらせるためだろう…（笑）。

「はい、それでは隣の人の肩に手を当てて、『オチがわからなかったら教え合いましょうね』と言ってください」

「ん？　オチを教え合う!?」

ちょっと訳がわからなかったが、僕は、軽い感じで、隣の人にあいさつをした。

「よろしくお願いしま～す」

そして、いよいよ正観さんが本格的にしゃべり始めた。ぼそぼそっとした声だが、すごく聞きやすい声だった。

内容は、ダジャレが９割。笑いが絶えない講演だった。

「あ～、『オチがわからなかったら教え合いましょう』って、こういうことだったのか！」

笑うことが好きな僕は、話の内容よりもオチがなんなのかを真剣に考えながら聞いた。つまり、ほとんど笑っていたわけだ。

１時間半ほどしたところで途中休息が入り、講演はさらに続いた。

相変わらず9割がダジャレだが、正観さんの言いたいことは、言葉の端々《はしばし》に出てくる。

その一言一言が、すごく身にしみる言葉だった。

講演時間は、合計3時間。

講演で一番印象に残ったのは、「正観さん自身が、本当に人生を楽しんでいる」ということだった。

「どうしたら僕も、あの正観さんのように、『人生を楽しむ』ことができるのだろう?」と、僕は思った。

正観さんはそのことについて、「素晴らしい仲間と一緒にいられること」を挙げていた。

たしかに、あのスタッフの笑顔、聴講者のなごやかな雰囲気を見たら、それはよく納得できる。

正観さんは、講演会で幸せの種をまいているかのようだった。

会場の雰囲気が温かく、みんなもそれぞれの花を咲かせているようだった。

ちなみに、その後も、僕は講演会に何度か足を運んだが、隣の人とオチについてしゃべった記憶はない。

隣の人と何かを話す必要がないほど、心が喜んでいるからだ。

話さなくても心を分かち合うことができ、隣の人と笑顔を交わしながら喜び合えるのは、正観さんの講演会では必ずある光景だ。

記念すべき僕にとっての初めての正観さんの講演会が終わり、本にサインをもらうため、僕は列に並んだ。

「今日、初めて講演会にきました！」

僕の番が回ってきて、僕は正観さんにそう話しかけた。

「そうですか。もう、こなくていいですよ」

正観さんはそう言った。

「いえ」

僕は、とっさにそう答えた。

それは正観さん独特のジョークだということはすぐにわかったし、まったく威圧感というか、凄みを感じないから、そんな返事もすぐに返せた。

ただの普通のおっさん――。何よりもそこに、大きな安心感を覚えた。

そして、天邪鬼《あまのじゃく》な僕は、「もうこなくていい」と突き放されるようなことを言われて、「じゃあ逆に、とことん追いかけてやろう」と思った。

講演会の帰り、夜の電車の中で、もう一度、正観さんの本を読んでみた。

「やっぱり本物の正観さんは、とてもこの本を書くような人には見えないなぁ」

あらためてそう思った。

そして、この本と出会ったときのことを思い出しながら、しみじみ考えた。
「僕が、あのとき、あの書店で正観さんの本を手に取っていなかったら、今の僕はなかった！　この本が、正観さんの言葉が、僕を正観さんの仲間のもとへ運んでくれたんだ！　この本から、僕のすべてが始まったんだ！」

「はじめに言葉ありき」
聖書

第5章　小林正観さん

それからというもの、僕は4年間、正観さんの講演会があれば、出かけた。全部で10回くらい行った。

正観さんには56冊の著書があり、正観さんに関連する本も多数出ている。

講演会とすべての本から僕が学んだことを全部書きたいのだが、書ききれないので、僕が正観さんに教わった中心的なことだけを書きたい。

正観さんは、「こうしなさい」とは言わない。

宗教のように誰かの説を信じて実行するのとは違う。

「こうすると、こうなるらしい。でも、信じるか信じないかは、あなた次第。こういう考え方がある。でも、どう思うかはあなた次第」

あくまでも自分が主役で、決めるのは自分。
自分で考えた結論こそが大事なのだ。

共感できないことは、受け入れる必要はない。

これまでも正観さんの考えを受け入れない人だってたくさん見てきた。
それはそれでいいのだ。

正観さんによると、

「人生は今という時間の連続でしかない。それ以外の何物でもないので、あまり深く悩む必要はない」

お釈迦様は、それを「刹那の連続」と表現している。

そして、

「幸せは、『追い求めるもの』ではない。ましてや、『手に入れるもの』でもない。幸せとは、『感じるもの』なのだ」

足りないものばかりに目を向けて不平、不満、愚痴を言うより、今あるものに目を向け、感謝の気持ちを持とうということだ。

僕たちは、十分に感謝でき、人としての当たり前の生活ができる、すばらしい国に住んでいるのだから。

愚痴を言っていると、運が悪くなる。

不平や不満を言っていたら、またそのようなことを言わせるようなことに出会っていくらしい。

そんな人には、神様が味方になってくれないらしいのだ。

逆に、常に「ありがとう」「幸せ」と言っていたら、またそのようなことを言うようなことに自然と出会っていくようになる。

人間の悩みごとは、大きく3つあると言われる。
「体（病気）」と「お金」と「人間関係」

中でも、人間関係で悩む人は多い。

僕もこれまで7つの仕事を経験してきたが、どこでも必ず、何か悩みや不満を持ってきた。

すごく珍しいケースだと思うが、姉は以前、電話の人生相談の仕事をしていたが、中には「悩みがないのが悩み」と言う人がいたらしい…。

悩んでいないことが悩みなんて…。

やっぱり人っていうのは、何かを考えていないと落ち着けなかったり、自分の存在を確認できなかったりするのだろうか。

正観さんは、「悩む理由はすべて同じだ」と言う。

「自分の思い通りにならないから悩むのだ」と。

自分の思うように人や物事が動かないから、腹が立ちイライラする。

また、自分の価値観で「あいつはダメだ」とか「間違っている」と決めつける。

僕も時々、そんなふうになってしまうことがある。

でも正観さんを知ってからは、そのことに自分で気がついて「相手のことを丸ごと受け入れよう、謙虚になろう」と思えるようになった。

愚痴、不平、不満を言わずに生活する――。

これは、本当に難しいことだが、「あ、今、不平不満を言ってしまった…」と気づくだけでも、違ってくる。

正観さんいわく、

「『思い』を持たなければいい」

よく「コップに水が半分入っている」という事実をどうとらえるかという話

がある。

これを、「半分しか入っていない」と思うか「半分も入っている」と思うか。

正観さんはその先を行っている。

「半分も入れてくれてありがとう」

これは、とても気持ちがいい！

あまりにも正観さんが好きなので、どんどん書いてしまう。
もうちょっと書かせてほしい。

今の自分に起きていることは、「自分にちょうどいいことしか起きない」と正観さんはおっしゃっていた。

つまり、自分の目の前に起こる出来事は、自分が乗り越えられることしか起きないということだ。

この言葉を聞いてから、僕は何も心配をしなくなった。

同じことを、お釈迦様もおっしゃっている。

すべてがあなたにちょうどいい
今のあなたに今の夫がちょうどいい
今のあなたに今の妻がちょうどいい
今のあなたに今の父母がちょうどいい
今のあなたに今の子どもがちょうどいい

釈迦

第6章　仕事と仲間たち

今、僕はお弁当配達の仕事をしている。
それも、高齢者の自宅に直接届ける仕事だ。

正観さんからご縁をもらった人のもとで働かせていただいていることが、とてもうれしい。

仕事上の人間関係のストレスもないし、こちらが配達させてもらう仕事なのに、逆に利用者の方たちのほうから「ありがとう」と声をかけてもらっている。

「ありがとう」を言うのはこちらのほうなので、「こちらこそ、ありがとうございます」と返答している。

お弁当を受け取ってくださる人たちは、人生の大先輩。今日の日本の礎《いしずえ》を築いてきてくださった方々である。

そんな方々への感謝の気持ちを持ちながら、いつもお弁当を配達させてもらっている。

たまに利用者の方から、「あなたがくると安心だわ」と言ってもらえたりもするが、そんな言葉をかけられると本当にうれしい！

「今日もお元気そうでなによりです」

「この弁当のおかげ。美味しいから」

そんな会話でお互いに笑い合えることも、よくある。

こちらから話しかけると、たくさんのことを話してくれる。

僕は、時間の許す限り、利用者さんたちの話を聞かせていただいている。

1人暮らしの方たちは、「普段話すことが少ないので、話すのがうれしい」と言ってくださる。

でも、僕のほうこそ、高齢者の方たちから元気をいただいているのだ。

正観さんと出会ったことで、よい仲間にもめぐりあえた。「うたし仲間」の人たちだ。

正観さん仲間のことを「うたし仲間」という。

「うたし」とは、「うれしい・たのしい・しあわせ」の3つの頭文字を並べたものだ。

この、うたし仲間との付き合いも本当に楽しい。

皆、根底に正観さんの考え方を共有しているので話が合う。

それでも、人それぞれ悩みはある。

時には悩みを聞いてもらうこともある。

特に、ＳＮＳでは普段会えない人まで、皆が、それに一生懸命答えてくれる。

僕は、友だちに支えてもらっているのだ。

楽しい話、奇跡的な話もよく聞くし、自分自身もよく体験する。

聞くだけで、こちらのほうが楽しくなる。

そうすると、こちらも楽しいことを見つけようと、目の前の出来事をそういう目で見る。

なので、どんなことが起きようと、自分なりの解釈で、物事を楽しく変えてしまう。

そうすることによって、さらに毎日、楽しいことばかり起きていく。

いや、正観さん流に言えば、楽しいことは向こうからやってはこない。
自分で作り上げるものなのだ。

だから、楽しいことを投げかけていけばいいのである。

これこそが、幸せのコツなのだ。

ようやく僕も、僕らしい生き方を見つけられた、と思う。

二度とない人生、同じ時間を過ごすなら、楽しい時間を過ごしたい。

僕の座右の銘は、今はこれだ。

「人生、楽しんだ者勝ち～!!」

「目に映るものすべてを愛したい」尾崎豊

第2部　草食系男子の逆襲

第7章　僕は「草食系男子」なのか？

「草食系男子」という言葉が、どうも個人的に気になっている。

「もしかしたら、僕も草食系男子に分類されているのかも？」

僕の中のどこかに、そんな思いがあるのかもしれない。

自分では、自分のことを「草食系」だとか思ったことはない。

でも、もしかすると、周りの人からは実はそう思われているのかもしれない。

第一部で読んでいただいたように、僕には気が弱くなりそうなことがたくさん起こった。

だからなのか、「草食系男子」という響きに触れると、どうも気の弱い自分を笑われているようでちょっとムッとした気持ちになってしまう。

でも僕は、どちらかと言えば、気持ち的にはこれまで「肉食系男子」として生きてきたつもりだ。

そして、そんな「肉食系」として生きることの楽しさも味わってきた。

肉食系だろうが、草食系だろうが、みんなが楽しく生きられればいいなぁと思っている。

僕は、小学校から中学校まで野球をしていた。

野球だけでなく、運動全般が好きだった。

自慢してしまうなら、かけっこはいつも1番だった。

車に乗るのも好きだし、運転するのも好きだ。

しょうもないことかもしれないが、女性には運転を任せないというこだわりもある。

憧れている車がある。
それは、光岡自動車という日本の会社が生産している「オロチ」という車だ。
目立つくらいに幅が広くて車高が極端に低い。
ドアは、横に開くのではなくて上に跳ね上がるという突拍子もない特徴もある。

一目見たら忘れない。

この車のキャッチコピーは、「このクルマは如何なる物も食い破る。異端系、最上位クラス」。まさに肉食系の車。かっこいいな〜。

「秀人がオロチに乗り出したよ。かっこいいな」

そんなふうに、みんなに陰で賞賛されてみたい。

しかし、実際に僕がオロチに乗ったら、仲間たちはどうだろう。

あきれるかもしれない。

いや、たぶん当たり前のことのように「憧れの車に乗れて、よかったね～」

と言うだけのような気がする…。僕の友だちはそういう人たちなのだ。

さて、話をもとに戻そう。

ウィキペディアを見ると、「草食系男子」は、２００６年のビジネス誌のコ

ラムで初めて登場した言葉らしい。

初期における定義は、

「恋愛に縁がないわけではないのに積極的ではない、肉欲に淡々とした男子」

「新世代の優しい男性のことで、異性をガツガツと求める肉食系ではない。異性と肩を並べ、草を食べるように優しく付き合うことを願う男性のこと」

「男らしさに縛られておらず、傷ついたり傷つけたりすることが苦手な男子」

つまり、それほど悪い意味ではなく、むしろ女性が求めるタイプとして登場してきたようなのだ。

だが、だんだんと否定的なものに変化していく。

「草食系男子が車を買わないせいで、車が売れない」

「草食だからモテない」

アメリカの元国務長官に至っては、

「低いレベルの成功で満足してはならない。だらだらしないで、たんぱく質をとり、筋肉を鍛えてもらわないといけない」だと。

そんなふうに言われる筋合いはない。いいがかりだ！

こんなことでムキになってしまう僕は、やっぱり草食系男子なのだろうか？

それと、意外なことだが、生殖活動が活発なのは、むしろ草食系動物のほうらしい。

これもウィキペディアに書いてあったことだが、
「もともと性欲の強い性格を肉食動物（狼、女豹など）に例える文化的背景があるが、実際の野生動物においては、肉食動物に食べられてしまう草食動物のほうが、個体数が多くなければならず多産であるため、草食動物のほうが生殖活動は活発である」

知らなかった。

さらに最近は、実は肉食系なのにキャベツをかぶって草食系のふりをする「ロールキャベツ男子」や、男性の積極的なアプローチを苦手とする「草食系女子」などの言葉まで出てくる始末だ。

今の僕はおそらく、「雑食系」だろう。

肉がないときには草だけで生きられるし、草がなくても肉を食べて生き延びられる。何でもありの雑食系なのだ。

肉と野菜が適度に混ざった僕は、「レバニラ男子」「肉じゃが男子」「カレーライス男子」「中華料理男子」とでも呼ばれるのだろうか？

草食系男子が「女性に積極的でない男子」と聞いて、最初は「相手の女性に魅力を感じないから積極的じゃないだけじゃないのか」と思っていた。

だが、実際には違うようだ。

好きな女性に対して、本能をむき出しにしては迫っていかない。実はそれは、草食系男子特有の「やさしさ」なのだそうだ。

でも、本当にそれでいいのか？

たいへんお節介なことかもしれないが、草食系男子と呼ばれている男子たちを励ましたい。

「僕と一緒に雑食化して、人生を楽しもうぜ！」と誘いたい。

大きなお世話かもしれないが、草食系男子について、僕なりに分析し、改善策を提案したい。

そしてゆくゆくは、草食系男子によって世界を変えていくのだ！

第8章　恋の修羅場

さあ、合コンだ！

草食君（草食系男子）は、いつもより長めにドライヤーをかけて髪を整え、お気に入りのチェックのシャツ、ナイキの靴をはいて出かける。

今日は3対3の合コン。

男性陣は、少し早く会場に着いた。
草食君は、ほかの男性と談笑（作戦会議）をする。
「今日くる女の子は、ＯＬと大学生らしいよ！」
「タイプがかぶったときは、誰優先にしようか？」

そんな取決めをしたあと、今度は一番好きなアニメの話題で盛り上がる。

20分遅れで、ようやく3人の女の子たちが到着する。

「こんにちは〜。はじめまして〜」

合コンで一番力が入る瞬間！

草食君の容量の少ない頭の中のハードディスクが動き出す。

一瞬で全員を見る。

一番左にいる、おとなしめの、かわいい女の子に目が止まった。

「あの子だ♡」

みんなで乾杯したあと、しばらくして、「好きな異性のタイプを聞こう」という話題になった。

まずは、男性陣から…。

草食君は、いくつか、女性ウケのよさそうな適当な言葉を並べた。

「ん〜…明るい人、元気な子、そして家庭的な人かなぁ…」

（解説しよう！　こんなことを言いながら、草食君の好きなタイプは実はそんなものではない。見た目が自分の好みに合うかどうか、実はそれだけなのだ…）

今度は、女の子たちの番。

でも草食君は、ほかの女の子の話にはうわの空で、ほとんど耳に入らない。

ターゲットにした「あの子」のタイプさえ聞き出せればいいいと、すでに目標を絞っているのだ。

そう、草食君だって、心の中は実は立派な…というか、いたって単純な「肉食君」なのだ。

そして、その子がしゃべり始めようとするとき、草食君の耳はダンボになり、容量の少ないハードディスクがフル回転する。

「私の好きなタイプは…優しい人です」

答えは一瞬で出た。

息を吐き、深く腰をすえ、こう思った。

「よかった！　俺は優しいから、あの子のタイプに当てはまっている！」

草食君は、帰りにその女の子と連絡先を交換し、帰路についた。

帰りつくと同時に、草食君は彼女にメールを打つ。

「今日はありがとう。とっても楽しかったネ！」

さらに、次の日には電話をし、その子に気持ちを伝えた。

「あのさ〜、僕でよかったら付き合ってくれない？　もちろん、友だちからでいいから…」

彼女は答えた。

「いいよ〜。友だちからね」

そして2人は、これまでどんな環境、生い立ちで育ってきたか、など、率直にいろいろと話をした。

彼女もアニメが好きだというので、話題にはことかかなかった。

草食君は、彼女が好きそうなタオルハンカチやアクセサリー、文房具、アロマグッズ、お菓子、彼女が好きな音楽を何枚もCDにして、彼女にプレゼントした。

毎回、彼女は喜んで受け取ってくれた。

特に草食君が満足したのは、彼女と会う喫茶店での時間だった。

昔ながらの趣を残しつつ、テーブル、椅子などは現代風にアレンジしているおしゃれな喫茶店。

大きな川に面した見晴らしのいい席は、特に草食君のお気に入りだった。

草食君は1人でも、この場所に時々きては本を読んだ。

彼女は、その店のスパゲティが大好きらしく、いつも笑顔で食べていた。

ところが、付き合い始めて数か月が過ぎた頃のことだった。彼女の笑顔が少なくなってきたことに初めて気づいた。

普段なら笑い合っていた話にも、彼女はニコリとも笑わない。

草食君の言った冗談も、上滑りしたまま行き場を失ってしまっていた。

草食君の心に芽生えた不安は、だんだん大きくなっていく。

そして、付き合い始めて6か月が過ぎたとき、ついに「その日」はやってきた。

女の子から、突然の電話。

「今すぐ会いたいので、あの喫茶店にきて！」

僕は、大好きなアニメの番組を見ているところだった。

「僕は今、大好きなアニメを見ているところだから、明日にしてよ」

そう言いたかったが、言える雰囲気ではなかった。

草食君は、今見ていたアニメの次の展開が気になりながらも、彼女に会うため自転車に乗り、ペダルをこいだ。

喫茶店に入ると、彼女はすでに、いつもの席に座っていた。

ただ、どうもいつもと雰囲気が違う。
服も、いつものふわふわしたピンク色ではなく、黒い服だった。
「彼女がこんな男っぽい服装をするなんて…。珍しいこともあるもんだな」
草食君は、彼女の固く結んだ唇からも、いつもとは違う違和感を感じていた。
草食君は、いつも通り、コーヒーを注文した。
店内の客は２人だけだった。
コーヒーが運ばれてきた。
いつも通りの、いいかおりだ。
でも、なんだか落ち着かない。彼女は、ずっと下を向き、沈黙したまま。

そして、ようやく彼女は口を開いた。

「あの…別れて欲しい…」

いきなりだ！

草食君のハードディスクは、雷のようなあまりのショックに、一瞬のうちに跡形もなく完全にこわれてしまった。

顔はひきつり、思わず、いつもとは違う大きな声で、草食君は彼女に言った。

草食君「えっ？　なんでなんだよ。理由を言えよ！」（頭の中は真っ白）
彼女「なんとなく…」
草食君「なんとなくって何だよ！」（頭の中は真っ白）

彼女「…」
草食君「なんとか言えよ！」（頭の中は真っ白）
彼女「…わかった!! 言うよ!! 草食くんは、何か物足りないのよ！ たしかに優しいけど…何か足りないのよ！ じゃあ…」

そう言うと、すっくと彼女は立ち上がり、草食君の言葉を待たずに、大急ぎで走って店を出ていってしまった。

その後ろ姿を目で追いながら、草食君は、頭の中が真っ白なまま、考えていた。

「ここの支払いは…誰がするのだろう？…」

……この話、共感してもらえる部分はあっただろうか。

あまり公表したくはなかったが、実はこれは僕の実体験だ（笑）。

実際は、もっともっと修羅場だったのだが…。


「何か足りない…」

僕は、彼女のその言葉にひどく傷ついた。

僕は、不完全なのだろうか？

いったい何が足りないというのだろうか？


「いや、僕は足りなくなんかない」

今の僕なら、そう言って彼女をもっと引き留めることができた…かもしれない。

でも、彼女にすれば、僕には本当に何か足りなかったのだろう。

恋とは、そういうものなのだろう。

彼女がワクワクするような部分が足りなかったのだろうか？
何か、僕に嫌な部分があったのだろうか？
度胸とか、勇気が足りなかったのだろうか？

たしかに、好きな気持ちを告白することを躊躇《ちゅうちょ》していたことも事実だ。

なぜ、はっきりと告白せずに、友だち状態のままでいたのか？

言いたくはないが、ふられるのが怖かったからだ。
そう、「失敗」したくなかったのだ。

「正直な気持ちを彼女に告げたら、嫌われてしまうかもしれない」

そんな無意識的な予感があったのかもしれない。

「このまま友だちみたいにずっと付き合っていれば、彼女もきっと僕のことをさらに好きになってくれるだろうし、僕の好きっていう気持ちも確実に伝わるはずだ！」

そんな、相手も自分も傷つかない「危なげない道」を歩んでいこうとしていたのかもしれない。

デートはとりあえず、毎回マニュアル通りに進めていた。

僕は、そのことに毎回満足できていた。

そして、マニュアルを逸《そ》れ、ミスしてしまった日は、耐えられないくらいひどく落ち込んでいた。

そうだ！　僕はこのとき、典型的な「草食系男子」だったのだ。

（その後の僕の恋については、面白くもなんともないので、ここでは割愛させていただきます）

さらに当時の僕を振り返って反省するなら、自分で責任をとらず、他の人のせいにするところがあった。

何かの失敗に対して、理由をつけては言い訳して、自分の非を認めないところもあった。

そんな反省を踏まえた今の僕は、自分の非を素直に認めるすがすがしい人間に成長できているのだろうか。

第9章　コミュニケーションが大切だ

人のせいにして責任を自ら負おうとはせず、何かの失敗に対して理由をつけては言い訳して、自分の非を認めない——。

自分が傷つかないよう、自分を守るために、大事なことを置き去りにしてきたかもしれない「草食系男子」と呼ばれる僕たち。

「では、こうすればいいんじゃないか」と、僕が思っている3つのことがある。

それは、「人と比べるのをやめる」「自分で考える」「人の話を聞く」ということ。

順番に詳しく説明していこう。

その１　人と比べるのをやめる

「自分を信じろ」とよく言われる。
でも、草食君は何を信じたらいいかわからない。
自分に自信がないのだ。

原因は、いろいろあるだろう。

学校では常に比べられるため、優越感か劣等感しか味わったことがない。

親だって、子どもをほめるのではなく、足りないものを探しては叱咤激励《しったげきれい》するばかり。

友だち同士だって、常に心の中で相手と自分を比べている。
勉強ができる、走るのが速い、容姿がいい、などなど。

そんなふうに比べてばかりいては、いつまで経っても自分を信じ、自分に自信を持つことはできない。

だから、比べるクセを、意識してどんどんやめてしまおう。

そして、逆に、相手に自分の持っていない才能を認め、ほめてみよう。

学校の中、職場の中、女性たちの井戸端会議の中で…。

生徒同士がほめ合うクラスに、イジメが生まれることはたぶんないだろう。

教育する立場の先生の役割って、そういうことを進めることにあるのではないかと、僕は思う。

その2　答えを外に求めるのではなく、まず自分で考えてみる

今はインターネットが当たり前になり、ネットをつなげば簡単に答えがわかったり、考えなくても複雑なゲームで遊べたり、買い物もできる。

言いたくはないが、僕は数年前まで「まったく考えない人間」だった。

困難に出会ったときに、自分で考えるのではなく、いつもどこかの何かに答えを探し求めてきた。

たとえば、ネットの相談コーナーだとか、自己啓発本とか。

でも今は、それは違う気がしている。

それが悪いわけではないのだが、まずは自分で考えてから、だと思う。

人間には、第六感とか勘があるように思うので、困難に出会ったときには、
もっとそれを存分に働かせ、眼に見えない人生の流れなどから、

「これは、今、そしてなぜ、自分に起こっているのだろう？」

と、自分で考えてみよう。

そうすれば、

「答えは、自分の外にあるんじゃない。自分の中にあるんだ！」

という気づきも生まれてくるに違いない。

そして、それは、「自分を信じる」ということにもつながっていく。

その3　人の話を聞く

僕は、喫茶店で本を読むのが好きだ。

僕が住む京都には、気持ちのいい喫茶店がたくさんある。

特に、鴨川が見下ろせる喫茶店は僕のお気に入りで、そこで川の流れを感じながら本を読むのは、まさに僕にとって至福の時間だ。

喫茶店では読書以外の楽しみもある。

それは、人を観察すること。

あるとき、一組のカップルを見つけた。

２人は注文をすませると、お互いのスマホを取り出して、それぞれの画面をじっと見つめている。フェイスブックだ。

２人は一言も交わさず、30分後に店を出た。

彼らは何をしにきたのだろう。

座るためか、コーヒーを飲むためか、まさか、スマホをチェックしにきたわけじゃないだろう。

僕は唖然としながら、店を出ていく彼らの後ろ姿を見つめていた。

僕は、人と喫茶店に入ると、楽しみたくてたくさん話す。

相手に質問もする。

そして冗談も言う（複雑な冗談を言って相手がわからないときも多々ある。いろいろしゃべりすぎるという問題もあるかもしれないが、それはここでは置いておこう…笑）。

テレビやネットで読んだニュースや面白い話、自慢話も悪くはないが、僕はもっと、それぞれが自由に意見を言い合えるような発展的な会話をしたい。

そして、相手の話を真剣に聞き合える会話がいい。

以前、阿川佐和子の著書『聞く力』がベストセラーになったくらいだから、みんなしっかりとその必要性は感じているのだ。

僕は、楽しくなってついつい自分のことばかりしゃべってしまい、人の話を十分に聞かず、自分なりに相手のことを勝手に解釈してしまうことがよくあり、あとで反省することが多いので、そういうところにも注意したいといつも思っている。

ＦＭ大阪で「LOVE in Action」という献血の番組がある。

その番組のＤＪ・山本シュウ氏は、毎回うるさいぐらいに元気に話している。というか、吠えている感じの人で、僕が大好きな人だ。

彼のラジオを聞くと、僕はいつも元気になれる。

特に共感したのは、「コミュニケーションは、ヒーローインタビューで」と言っている部分。

たとえば、コミュニケーションがいまいち苦手な草食君の会話が、どうすれ

ばその「ヒーローインタビュー」になるか、考えてみよう。（丸カッコの中は、それぞれの気持ちを表しています）

彼女「お待たせ。待った〜？」
草食君「いや、僕も今きたところだよ。どこに行く？」
（本当は20分も待ったんだけどね）
彼女「どこでもいいよ」
（思いつかない。でもたくさん話がしたいなぁ）
草食君「映画は？」
（僕的には、行きたい場所をはっきり言ってくれる女の子がいいかも）
彼女「やだ！」
（私はいっぱい話したいのに、映画なんて…）
草食君「じゃあ、どうする？」
（たまには自分で提案してほしい）

彼女「……」
（あ～あ、この人、なんかなあ…）

　こんないつもの会話をほんのちょっと変えるだけで「ヒーローインタビュー」になる。

彼女「お待たせ。待った～？」
草食君「今きたとこ。今日、なんか、いつもと違うね。服がいいね～」
（ほんと、今日の彼女の服はいいなあ）
彼女「ありがとう！」
（うれしい！）
草食君「その服、どこで買ったの？」
（もうすぐ彼女の誕生日だから、その同じ店で何かプレゼントしたいな）
彼女「○○だよ」

（そっか、草食君はこんな感じの服が好きなんだ～。また、あのお店でお洋服を買ってデートに着てこよ～っと♡）

草食君「いつもそこで買ってるの？」

（彼女の好みのお店かどうかを確認！　たまたま好きな服があっただけかもしれないからな）

彼女「うん！」

（そうなんだよ。よくぞ聞いてくれました。草食君、最高！）

草食君「なんで？」

（その店のどんなところがいいのかな？　買いに行くときの参考に聞いておくべし！）

彼女「店員さんの接客態度がいいの」

（いろいろ聞いてくれて、なんかうれしい！）

草食君「店員さんの何がいいの？」

（彼女はどんな店員さんが好きなのかな？）

彼女　「う～ん…やっぱり店員さんの笑顔かな！」
（私の好きなことを聞いてくれて、なんか彼と話していると楽しい！　大好き）
草食君　「笑顔だったら、君の笑顔のほうがいいと思うけどなあ。その店、今度一緒に行こうよ」
（笑顔か…彼女よりも素敵な笑顔はないと僕は思うけどね。でも、その店員さんは素敵な人に違いない）
彼女　「……」
（ちょっとクサイ台詞《せりふ》だけど、うれしい！　もうすぐ私の誕生日、洋服をくれるのなら、何をお願いしようかな～。今からチョー楽しみ！）

こうやってひたすら疑問文で話すことが、山本シュウさんが言う「ヒーローインタビュー」なのだ。

質問して相手に話してもらい、それをじっくりと聞く。

相手の話をふくらませるか、自分の知識の中にある何かを加えながら話すのだ。

余談だが、山本シュウさんは「イクメン」をこう表現している。

「イクメンとは、男が子どもを育てることではなく、男が母親を助けながら子どもを育てることである」

いい言葉だな。

では、どうやって聞き上手な人になるか？

お金をかけるなら、もちろんたくさん講座もあるだろうが、誰でも簡単にできて効果てき面なものと言えば、やはりテレビだろう。

僕のオススメは「さんまのまんま」

１９８５年以来、30年近くも続くお化け番組だ。

明石家さんまさんの素晴らしいところは、この番組によってゲストがさらに活躍してくれるようなトークをしているところだ。

ずいぶん前の話になるが、女優のＩさんが「プッツン女優」として大ブレイクしたのは、「さんまのまんま」に出演したことがきっかけだった。

番組中に、Ｉさんが突然「散歩したい」と言い、さんまさんが「では」ということで一緒に部屋の中を歩き回って、その「プッツンぶり」が面白おかしく茶の間に届けられ、話題になったのだ。

毎週日曜午後10時から日本テレビ系列で放映される「おしゃれイズム」も面白い。藤木直人さん、森泉さん、上田晋也さんと、ゲストのトークだけの番組だ。

番組を仕切る上田さんは、芸能界を引退した島田紳助さんが才能を認めた人だけあって、ゲストの話をふくらませるのは一級品だ。

ただ、ゲストのマイナス面をふくらませて笑いをとっている感があり、僕にはこれがちょっと残念だ。しかし、これも仕方がない面はある。

僕が大好きなグループの1つ、「Mr.children《ミスターチルドレン》」がこう歌っている。

「自分より劣ってる　まぬけをあぶりだし　ほっと胸をなでおろしてる」

（Mr.children「終末のコンフィデンス」より）

月曜日から金曜日の午後1時から、フジテレビ系列で放送されている「ごきげんよう」もいい。

司会者の小堺一機さんがＮＨＫの番組に出演されていたとき、「ごきげんよう」でのコミュニケーションの極意について、アナウンサーが質問した。

すると、小堺さんは、そのアナウンサーに機関銃のごとく質問を投げかけ始めた。

つまり、「相手に興味を持ち、質問することが極意」ということなのだ。

とはいっても、質問さえできればコミュニケーションが成り立つというわけではない。

いかに相手の話す内容を的確に理解するか、が大事だ。

どうやって理解力をつけていけばいいか？

それには、とにかくコミュニケーションの量を増やしていくしかないだろう。

第10章　今の自分のまま幸せを感じよう

時々、一時的にだけど、わからなくなることがある。

それは、

「僕はこのままでいいのかな？」

「このままの自分じゃ、何か足りないんじゃないのかな？」

ということ。

そんな、自分の立ち位置がわからなくなって不安を感じるようなとき、僕は自分にこう問いかける。

「今までの人生、楽しかったか？」

その問いに、素直に「ＹＥＳ」と答えられたら、これから先も楽しい人生を送れそうだから、とにかく安心することにしている。

しかし、たとえその答えが「ＮＯ」でも、「これから楽しい人生にしたい」と思えるなら、そんなあなたも大丈夫！

「そんなあなたなら、きっとこれからの人生を楽しいものにしていくことができるはずだから！」

僕はそう、大きな声でその人に伝えたい。

たとえ同じ状況下でも、幸せを感じられる人と、感じられない人とがいる。

第１章で書いたように、小林正観さんの講演や本が大好きな僕は、それを学

んでいく中で、あるいはそれを実践する中で、「幸せを感じる考え方」という
ことについて考えるようになった。

まとめてみると、その「幸せを感じる考え方」は全部で4つあったので、こ
こで紹介してみたい。

できれば、どれか1つでも、実践してみてほしい。

それをあなたが同じように実践し、それによってあなたの毎日を少しでも明
るいものにしてもらえたなら、すごくうれしく思う。

その１　失敗を「失敗」と思わなければいい

勇気さえあれば失敗など怖くない、と人は言う。
しかし、これは無理な話ではないだろうか。

誰でも失敗は怖い。
「失敗したくない」という気持ちが、勇気を奪う。

たとえば、女の子に「好き」という気持ちを伝える場合。
「ごめんなさい」と拒絶されたときのことを考えると、告白する勇気が出なくなり、告白することができなくなってしまう。

そこで発想を転換してしまおう。

「たとえＮＯだったとしても、それでいい！」と考えるのだ。

そしてさらに、「それでも『ありがとう』と彼女に伝えよう」と考える。

なぜなら、彼女がふってくれたおかげで、さらに目の前の彼女よりもっと素晴らしい女性にめぐり合える機会がこれから出てくるかもしれないから。

だから、ふられても「ありがとう」なのだ。

「えっ？　おまえ、それ無理しているんじゃないか」って？

それがそうでもないのだ。実際、僕はそれを実行してみた…。

もちろん、好きな人にふられるわけだから、つらいのはつらい。
思いっきり落ち込んで、悔し涙を流したこともある。

でも、逆に、いつかあの子が自分をふったことを後悔するくらいに自分を磨き上げようと、気持ちを切り替えるいい機会になったように感じている。

これが、「失敗を『失敗』と思わない！」ということだ。

僕には好きな言葉がある。
大好きなマザーテレサの言葉だ。

「相手がどうであれ、自分の心の最良のものを、与え続けなさい」

１９７９年にノーベル平和賞を受賞したときの彼女のスピーチにある言葉だ。

僕なりに「自分がいいと思ったことは、どんどんやればいいのだ」と理解した。

よく、「相手の気持ちを考えて行動しよう」と言われる。

しかし、人の気持ちが正確にわかるわけでもない。

「自分の心の最良」というのは、自分がされたらうれしいことだ。

それを、相手に与え続けていく、それを心がけたい。

人の自慢話は、あまり面白くない。むしろ他人が失敗した話に共感を覚えるし、勇気づけられたりする失敗は、良質な笑い話に変えられるものだ。

僕も、失敗を数多くしてきたことでは誰にも負けない！

失恋、受験の失敗、病気、事故…。

ただ、今となっては、どれもがいい思い出だ。
あの失敗がなければ、今の自分はいないと思っている。

こんな言葉がある。

「私は、失敗なんかしていない。『電気がつかない方法』がたくさんわかっただけだ」

1300もの発明をした「発明王」エジソンの有名な言葉だ。あのエジソンも、たくさん失敗したけど、それは成功の過程としか思っていないということだ。

だから、たくさんの失敗をしてきた自分をほめてあげよう。

それを乗り越えてきたおかげで、今の自分があるのだ。

その2　とりあえず、自分を好きになる

正観さんはこう教えてくれたように思う。

誰かが自分のいいところを見つけてくれるのを待っているのはやめよう。
自分でいいところを見つけて自分でほめよう。
誰かに見つけてもらわなくても、まずは自分で長所を見つけよう。

「長所は、そのまま伸ばせばいい。短所は『欠点』、文字通り『欠かせない点』なのだ。つまり、それもないとあなたがあなたでなくなるということ。だから、欠点もあっていい。それが目立たなくなるように、長所をさらに伸ばせばいい」

これは、「天才」コピーライター、ひすいこたろう氏の言葉。

さすが自分で「天才」と名乗っているだけのことはあって、わかりやすい。
欠点問題は、これで解決だ！

次は、どう自信を持つか？

何かを自分でやり遂げた感がない人に「自信を持て」と言っても難しい。
目標を立てるが達成できず、挫折している自分に対して自信を失くすのだから。

ずっとそんなふうに思っていた僕は、正観さんと出会ってその「負の堂々巡り」から、ようやく抜け出せた！

達成することだけが自信につながるのではない。

「過去にいろんな出来事があったにもかかわらず、それを乗り越え、とにかく今生きている自分がいる。あんなにつらかったのに、死んでいない。それどころか、少しずつよくなっている。今の自分は、過去から見れば、最高の自分だ！」

これだって、十分な自信になる。

僕が尊敬する知り合いの女性は、88歳の今もスーパーを経営し、引退もせずに働いている。

その人の口癖は、

「根拠のない自信で今までやってこれた！」

その人が言うと、ほんと、かっこいい！

そして、誰でもが自信を持てるものと言えば、笑顔だ。
笑顔が不細工な人はいない。

笑顔で僕が大好きなのは、京都の広隆寺にある弥勒菩薩像だ。
弥勒菩薩は、とてもいい笑顔をしているように見える。

「あんな顔をしていたらモテるんじゃないかな」と思い、鏡の前で真似してみたことがある。

残念ながら…気持ち悪かった！

それで、普通に笑ってみたら、鏡の中の僕に好感が持てた。

毎日、鏡を見て、いろんな笑顔をつくってみよう。

ただ、続けることは大事だけど、頑張りすぎて自分が嫌いになってしまうほどには頑張らないほうがいいと思う。

体をこわすとか、あまりにも面倒くさすぎるときには、やめてしまってぜんぜんＯＫ。

頑張りすぎて続かないことをするよりは、続けられることを、自分ができる範囲で続けてみよう。

「継続は力なり」という言葉があるように、すごいことをしなくても「続けていること自体」が、自分の力になるのだ。

その3　人のいいところをほめる

日本の男性は、女性をほめることが少ないといわれる。

僕は、彼女を「綺麗」とか「美しい」とか、わざとらしいくらいに意識してほめていたことがある。

ほめることがいいことだと思っていたからだし、彼女が大好きだったからだ。

すると彼女に「韓ドラみたいね」と苦笑された。

男同士でも女同士でもほめてもらうとうれしいし、相手のいいところをほめたら、お互いに幸せな気持ちになれる。

親子でも、職場でも、相手のいいところを感じたら言葉に出すといいと思う。

人との関わり合いの中で、常に人のいいところを探していると自分が楽しい気分になるのがわかってくる。

いいところを見つけて人をほめると相手が喜び、その喜びを自分も感じることができてうれしくなる。

最後に、僕が大好きな歌手（？）嘉門達夫さんが言っていた、こんなほめ方の例をご紹介しておこう。

彼女「ねえ、どうしていつもサングラスをしているの？」

彼氏「君の笑顔がまぶしいからさ」

その4　服装を変えてみる

以前、竹内一郎さんの『人は見た目が9割』（新潮新書）という本がベストセラーになった。特に関西で売れたという。

僕は数年前まで、自分の見た目に興味がなく、同じ服ばかり着ていた。

それも、冬はフリースとデニム、夏は半そでTシャツかシャツにデニムと、定番中の定番ばかりを漫然と着ていた。

「もっとオシャレにしたら？」

姉に、そう忠告されたときもあった。

しかし、そんなときも僕は、
「男は外見より内面が重要だ」とほざいていたのだ。

それから3年くらい経った頃、なんとなく、
「自分に似合う色はなんだろう」と思い始めた。

そこで、色に関する本を見つけては読むようになった。

すると、客観的にその人に合う色をみてくれる「パーソナルカラー診断」というものに出会った。

誰でも「自分の好きな色」があるが、その色が自分に似合うかといえば、必ずしもそういうことではないらしい。

診断方法は簡単。

まず、部屋で鏡の前に座る。

そして、何十枚もある布の中から、様々な色合いの生地を顔に当ててみる。

鏡に映し出された顔の印象が、布の色でずいぶん違ってくるのがわかる。

「色によってこうも変わるのか」と、僕もやってみてとても驚いた。

さらに、顔だけでなく、目の色でも印象がずいぶん変わってくることに驚かされた。

若々しく見える色、老けて見える色、健康的に見える色など、本当にいろいろあった。

診断費用は、すごく高いものから安いものまであり、「髪を切ったついで」に診断してくれる美容室もあるみたいだ。

その診断を受けてからというもの、服選びが急に楽しくなった。女性が服に夢中になる理由がわかったような気がした。

自分に合う色を多く置いている店を、診断してくれた先生から聞いたので、服はそこで買うようになった。

別の店でも、まずその自分に合う色から服を探していくようになった。

もともと僕は、はっきりとした色、赤ならそのままの赤、青ならそのままの青というのが好きだったが、診断結果は「SPRING＝あまり主張しない明るめの色」が似合うと診断された。

それまでピンクなんてまったく着たことがなかったのに、それを自然に着ている自分がいる。

「似合っている」と診断されたことで、自信を持って着ている自分がいるのだ。

服を変えれば、やはり気持ちも違ってくる。

前述の天才、ひすいこたろう氏も、「私服を変えれば、至福が得られる」と述べている。

あと、これも人それぞれだが、香水も1つのアイテムになる。

僕にとって香水は、「匂いの思い出」だ。

子どもの頃、鏡台を開けると同じ匂いがいつもしていた。

母親が好きだった香水の匂いだ。

その匂いをかぐと、いつもあの心温まる光景がよみがえってくる。

母親が念入りに化粧している横で「まだ〜？」と言っている子どもの頃の僕。

母親が百貨店へ行くときにいつもつけていたその香りは、子どもの僕にとって、とてもうれしい匂いだった。

あとで調べると、その香水はあの「シャネルの5番」だった。

母も、そんな小さなオシャレを楽しんでいたのだなぁ、と今は思う。

おっと、この話、草食系男子的!?

第11章　日本を見つめ直そう　そして、本を読もう

一昨年、スタジオジブリの宮崎駿監督が、長編映画の製作から引退することを発表した。

最後の作品となった『風立ちぬ』

ゼロ戦の設計者・堀越二郎を描いた作品だ。

時を同じくして『永遠の０』が文庫本になり、「３００万部を突破した」とのニュースが流れた。

僕も、この作品を熱狂的に読んだ１人だ。

２つに共通するキーワードは「ゼロ戦」。太平洋戦争に使われた軍用機だ。

しかし、性能がいくら優れていても、操縦するのは人間。

人間が優秀でないと、それは無用の長物になる。

そのゼロ戦を操った、70年前の日本男児にスポットを当てて考えてみたい。

第2次世界大戦の時代の日本人、特に日本男児は何を考えていたのだろう。

「ゼロ戦」に乗って特攻隊員として戦った男たちは、何を思い、たった1つの命を捧げたのだろう。

その時代の思いがわかりやすく表現されているのが、塾講師の小説家・喜多川泰氏の『母さんのコロッケ』

僕なりに要約してみる。

「我々の時代は、『私《わたくし》』というものが極限まで制限され、何よりも『公《おおやけ》』のほうが優先された。『公』の前には『私』というものなど何の価値も見い出されなかった。過酷な時代だった。しかし、そういう時代だからこそ、自分自身の中で、こんな使命を見つけられた。

【私たちは、人の役に立つために生まれてきたんだ。特に次の世代の子どもたちに、今よりもいい世の中を残すためにこの命はあるんだ】と」

今は、いい時代になったと思う。

我々の祖父、祖母、またその前の先祖、近いところでは団塊の世代の方々が、ここまで「日本」という国を育ててくれた。

そんな思いを重ねながら、もう一度、自分の住んでいる日本という国を見つめ直してみる。

いかに恵まれているか、自由か、安全か。

治安の良さの象徴が、夜中でも稼働している自動販売機、コンビニ、ＡＴＭ、コインパーキング…。

他の国では、無人の機械は簡単にこわされ、お金を抜きとられるのだという。

日本に生まれてきただけでも、すでに幸運だと思う。

その幸運とは、他人と比べる幸せではなく、ブランド品を買うような幸せでもなく、日々の日常生活の中にすでにある幸せ。

そう、昔の童話『青い鳥』の中に出てくるようなあの「幸せ」

「幸せ」がどこにあるのかの答えは、『青い鳥』にすでに描かれている。

僕の家は、朝仕事に出かけるときに玄関を開けると、朝日が飛び込んでくる。

「僕は、今日も生きている‼」

そのことを実感する瞬間だ。

「今日」という日を生きられなかった人たちが、世界中にはたくさんいる。生きている——。それだけで、充分幸せではないだろうか。

その上、一生懸命打ち込める仕事もある。

そのおかげで、日々生活ができている。

共存共栄できているだけでも、幸せである。

明石家さんまさんの有名な言葉

「生きてるだけで　丸もうけ」

そうだ、たしかにそうなのだ。

今、世界中の国々の政治家を見てみると、男性が圧倒的な数を占めている。

歴史を振り返ってみると、世界を動かしてきたのはたしかに男性だ。

だが、「その男を動かしているのは、実は女性だったのではないか？」と僕は言いたい。

偉人の伝記を読んでも、男に影響を与えたのは女性、つまり母親だ。

あの発明王エジソンだって、母親の影響を大きく受けた1人だった。

エジソンのすること、疑問に思うこと、そのすべてを受けとめ、愛情を注いだのだそうだ。

日本でも愛人問題で首相の座を退いた政治家がいるくらいだから、そういう意味でも、女性は男性の人生を左右する力を持っている。

若い男性は、女の子にモテたくて、歌を歌い、ギターを弾き、スポーツでも目立とうと一生懸命になる。

女性に好きな男性のタイプは何なのかと聞くと、「優しい」「清潔感」「包容力」

という言葉が並ぶ。

だから男は、その女性の希望・要求に合わせて磨きをかける。

その結果、誕生したのが実は「草食系男子」だったのではないか、僕は最近そう思っている。

あるいは、そこまでは言い過ぎだったとしても、女性の思いが今の男性をつくり上げた面があることは間違いない。

女性には、男性を育てていくという大きな力がある。そんな自覚を持って、これからは「日本を良くする男性」をつくっていってもらえたら、と願う。

それはいわば「21世紀版侍《サムライ》」だ。

そんな「サムライ」こそが、これからの「日本」、さらには「世界」を変えていくのだ。

話は飛ぶが、「どんな人間がこれからの日本を良くできるか？」と言えば、男女を問わず、それは「本を読む人間が増えることではないか」と、僕は思っている。

「本を読むことによって、人生が変わる」と言っても言い過ぎではないと僕は思っている。

第1章で書いた通り、僕も本を読んでいたおかげで今の自分にたどりつくことができた。

本は、いろんな形をした「万華鏡」

1つとして同じ物はないし、読んでいるだけで楽しい。

だから、もしこれから、「あなたの好きなタイプの男性は?」と聞かれたら、女性はこう答えてみてはどうだろう。

「本を読むのが好きな人♡」

そうすれば、もっと本を読むようになる男たちが増えると思うし、世の中がよくなっていかないはずがない。

日本人がもっと本を読むようになれば、世界もきっと変わっていく。

本を読むと、世の中にはいろんな見方や考え方を持っている人がごまんといることが、わかってくる。

そして、自分の価値観と似たような人を見つけ、共感を覚えるのは、心の大きなエネルギーになる。

本は、価値観の形成にも大きな力になってくれるし、自分と違う価値観の人を認めることだってできるようになる。

それも読書のいいところだ。

「本は、脳につける薬」なのだと思う。

日本人があるべき姿として、僕が一番好きな言葉がある。

「実るほど　頭を垂れる　稲穂かな」

文字どおり、稲穂とは「米」ができたときの稲の様子。

日本人は、昔から米で税金を納めていた民族であり、米の出来高によって「○○万石」と、国の大きさを表現していた。

こんな国は、世界広しといえど、日本しかない。

日本人のＤＮＡの中には、しっかりと「米」の文化が刻まれているのだ。

そんな「米」を使ったことわざが、右記の言葉である。

我ら日本人は、それくらい「謙虚さ」を大切にしてきたということではないだろうか。

僕もつくづく、この「謙虚さ」の大事さを実感している。

ちょっとだけ偏差値の高い大学に入ったせいで、僕の中には明らかな「おごり」「高ぶり」「傲慢《ごうまん》」があった。

今となってはその程度の「学歴」なんかほとんど意味のないものだとわかるが、まだまだ世間では幅を利かせている。

人と比べて、「自分はすごい」と思いたい。

いい暮らし、おいしい食事、欲しいものを手に入れ、自分の思い通りに他人を動かしたい——。

そんな思いは、誰にでもあると思う。

そして、地位・栄冠・名誉・収入などを手に入れると、人はどうしても傲慢になる。

あまりにも傲慢になり過ぎると、世間が黙っていない。

人として、いかに大成し、そして、いかに謙虚であり続けられるか。

「米」の文化に生きる日本人として、「頭を垂れる」ことがどれほど大切か、

これからも心に留めながら生きていこう。

あとがき

最後まで読んでいただき、本当にありがとうございます。
自分の思いがこうして形になるのは、非常に嬉しいことです。

本を書いてみて、いかに思いを伝えることが難しいかを実感いたしました。行間から汲み取ってほしいものもありますし、読んだ人によって意味の取り違いをされる方も、もしかするといらっしゃるかもしれません。

いろんな人に支えられてこの本が完成いたしました。僕一人の力では、この本の完成はなかったことでしょう。
さらに、今までの僕の人生の中でお世話になった人のおかげで、この本ができあがりました。そのすべての人にむけて、最後に、次の「詩」を贈ります。

大事な人だから　大切な人だから
もう悲しまなくていいよ
僕は大丈夫だから
あなたのすべてを受け入れてから
何もかもが喜びに変わったよ
あなたの存在だけで
僕は幸せになれる

あなたのおかげで今日まで生きてこれた
僕が何をしようとも　何を言おうとしても
優しい眼差し　温かな笑顔
充分すぎるくらいの愛で
僕を見守ってくれた
そのおかげで僕は強くなれた
あなたは僕の愛のしるし

だから　ささやかな言葉をプレゼントします

受け取ってください

「ありがとう」

２０１５年７月

野原秀人

今まで僕に関わってくださったすべての人たちへ

草食系男子の逆襲
～さあ、サムライたちよ、道はそこにある！

2015年8月9日　初版発行

著　　者　野原秀人

編　　集　U-chu企画　西 隆宏（u-chu@sakurazaka.jp)
カバーデザイン　小林智子
発売元　U-chu企画
〒880-0916　宮崎市恒久6910-5
電話0985-53-2600　FAX 0985-52-6069
印刷・製本　モリモト印刷株式会社

ISBN 978-4-905514-12-1